The Remembering Day

El Día de los Muertos

By / Por
Pat Mora

Illustrations by / Ilustraciones de
Robert Casilla

Spanish translation by / Traducción al español de
Gabriela Baeza Ventura

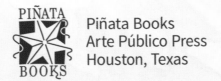

Piñata Books
Arte Público Press
Houston, Texas

Publication of *The Remembering Day* is funded by grants from the City of Houston through the Houston Arts Alliance and the Texas Commission on the Arts. We are grateful for their support.

Esta edición de *El Día de los Muertos* ha sido subvencionada por la ciudad de Houston a través del Houston Arts Alliance y Texas Commission on the Arts. Les agradecemos su apoyo.

Piñata Books are full of surprises!
¡Piñata Books están llenos de sorpresas!

Piñata Books
An Imprint of Arte Público Press
University of Houston
4902 Gulf Fwy, Bldg 19, Rm 100
Houston, Texas 77204-2004

Cover design by / Diseño de la portada por Bryan Dechter

Mora, Pat.
   The Remembering Day / by Pat Mora ; illustrations by Robert Casilla ; Spanish translation by Gabriela Baeza = El Día de los Muertos / por Pat Mora ; ilustraciones de Robert Casilla ; traducción al español de Gabriela Baeza.
   p. cm.
   Summary: Long ago in what would come to be called Mexico, as Mamá Alma and her granddaughter, Bella, recall happy times while walking in the garden they have tended together since Bella was a baby, Mamá Alma asks that after she is gone her family remember her on one special day each year.
   ISBN 978-1-55885-805-3 (alk. paper)
   [1. Grandmothers—Fiction. 2. Gardens—Fiction. 3. Holidays—Mexico—Fiction. 4. Spanish language materials—Bilingual.] I. Casilla, Robert, illustrator. II. Ventura, Gabriela Baeza, translator. III. Title. IV. Title: Día de los Muertos.
PZ73.M63836 2015
[E]—dc23
                                                                              2014037793
                                                                              CIP

♾ The paper used in this publication meets the requirements of the American National Standard for Permanence of Paper for Printed Library Materials Z39.48-1984.

Printed in Hong Kong in May 2015–July 2015 by Book Art Inc. /
Paramount Printing Company Limited
12 11 10 9 8 7 6 5 4 3 2 1

For Teo, my great-nephew, and Maya, my great-niece,
who will remember us.
—PM

To my lovely mother Miriam.
—RC

Para Teo, mi resobrino, y Maya, mi resobrina, quienes nos recordarán.
—PM

Para mi encantadora madre Miriam.
—RC

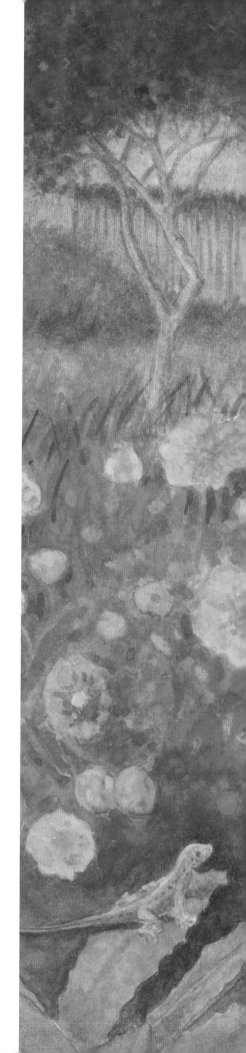

"Look at all the tomatoes and squash we grew," said Bella.

Long, long, long ago, in a small village of the land now called Mexico, Bella and her family lived in their two-room home. It was made of clay and reeds. The family slept inside in hammocks.

Bella and her grandmother Mamá Alma liked to work in their garden together. When Bella's family worked in their small field, Bella and her grandmother worked in their garden. They smelled the flowers and herbs. They grew sunflowers and lilies, vegetables too. They chatted with lizards and hummingbirds. Bella liked to walk around the garden humming and holding Mamá Alma's hand. Bella had done this from the time she started to walk. Now, Bella helped her grandmother walk.

—Mira todos los tomates y las calabazas que sembramos —dijo Bella.

Hace mucho, mucho, mucho tiempo, en una pequeña aldea en un lugar ahora llamado México, Bella y su familia vivían en una casa de dos cuartos. Estaba hecha de barro y caña. La familia dormía adentro en hamacas.

A Bella y a su abuela Mamá Alma les gustaba trabajar juntas en el huerto. Mientras la familia de Bella trabajaba en su pequeña parcela, Bella y su abuela trabajaban en el huerto. Olían las flores y hierbas. Sembraban girasoles y lirios, también verduras. Platicaban con las lagartijas y los colibríes. A Bella le gustaba caminar en el jardín tarareando tomada de la mano de Mamá Alma. Bella había hecho esto desde que empezó a caminar. Ahora, Bella le ayudaba a su abuela a caminar.

"Every year, Bella, I need your help more and more," said Mamá Alma.

"I can help you," said Bella.

Mamá Alma and Bella sat on their favorite big rock. Mamá Alma patted Bella's hand.

—Cada año, Bella, necesito tu ayuda más y más —dijo Mamá Alma.

—Yo te puedo ayudar —dijo Bella.

Mamá Alma y Bella se sentaron en su piedra grande favorita. Mamá Alma le dio palmaditas en la mano.

"We have sat on this rock together, Bella, since you were a baby. I carried you out in my arms. I showed you the sun, trees, cactus, corn and flowers. At night, I showed you the moon and stars. I sang to you and when you learned to sing, we sang together, and I told you stories."

"I remember when you taught me to weave," said Bella.

Mamá Alma smiled. "Yes, even when you were very little, you liked to sit and help me. You liked to touch the loom."

"I'd hand you the yarn—yellow, black, red—and then, my father made me my own little loom, and I started to weave by myself."

—Nos hemos sentado en esta piedra, Bella, desde que eras una bebita. Yo te cargaba en mis brazos. Te mostraba el sol, los árboles, el cactus, el maíz y las flores. Por la noche, te mostraba la luna y las estrellas. Te cantaba y cuando tú aprendiste a cantar, cantamos juntas, y yo te conté cuentos.

—Recuerdo cuando me enseñaste a tejer —dijo Bella.

Mamá Alma sonrió. —Sí, hasta cuando estabas chiquita, te gustaba sentarte y ayudarme. Te encantaba tocar el telar.

—Yo te daba el hilo: amarillo, negro, rojo, y luego mi padre me hizo mi propio telar chiquito, y empecé a tejer solita.

"Do you remember how you and I played?" asked Bella. "I would hide and you would try to find me, then you would hide and I tried to find you."

"You liked to hide behind bushes," laughed Mamá Alma, "and sometimes I would hide behind that big tree."

"And one time I climbed the tree, and you looked and looked for me. You found me when I started laughing," said Bella.

Mamá Alma and Bella looked up at their favorite tree. Mamá Alma took Bella's hand, and they walked by the small river.

—¿Recuerdas cómo jugábamos tú y yo? —preguntó Bella—. Me escondía y tú me buscabas, y después tú te escondías y yo te buscaba.

—Te gustaba esconderte detrás de las matas —rio Mamá Alma—, y a veces yo me escondía detrás de ese árbol grande.

—Y una vez, trepé el árbol y tú me estuviste a busque y busque. Me encontraste cuando empecé a reír —dijo Bella.

Levantaron la vista para ver su árbol favorito. Mamá Alma tomó la mano de Bella y caminaron al riachuelo.

"Bella, you know how to garden, weave and cook. Children and even grown-ups come and ask you how to cure a sick bird or which herbs help with a stomach ache. You are a good teacher."

"Me? You are my teacher, Mamá Alma. You taught me how to do those things. You are the oldest and wisest person in our village. Everyone says that."

"You and I like our remembering time, Bella. On my little table, I have the beautiful rock my mother loved and a wood toy my father carved for me when I was little," said Mamá Alma.

"I love to play with that rock and toy," said Bella.

—Bella, tú ya sabes cultivar la tierra, tejer y cocinar. Tanto los niños como los adultos vienen a verte para que les digas cómo curar un pájaro enfermo o cuáles hierbas ayudan con el dolor de estómago. Eres una buena maestra.

—¿Yo? Tú eres mi maestra, Mamá Alma. Tú me enseñaste a hacer esas cosas. Tú eres la persona más anciana y sabia en nuestro pueblo. Todos lo dicen.

—A nosotras nos gusta recordar, Bella. En mi mesita tengo una linda piedra que le encantaba a mi mamá y un juguete de madera que mi papá me talló cuando era pequeña —dijo Mamá Alma.

—A mí me encanta jugar con esa piedra y ese juguete —dijo Bella.

"That is my remembering place," said Mamá Alma. "I cannot see my mother and father anymore, because our bodies do not live forever. When I hold the rock and toy, I know my parents are always with me."

Bella was quiet. She thought about how every year when the leaves turned yellow and fell from the trees, her grandmother put flowers on her table because her mother had loved flowers.

"I will always be with you," whispered Mamá Alma, "even when you can't see me."

"But I want to hear and see you too!" said Bella.

—Ese es mi lugar para recordar —dijo Mamá Alma—. Ya no puedo ver a mi mamá o a mi papá porque nuestros cuerpos no pueden vivir para siempre. Cuando tomo la piedra y el juguete, sé que mis padres siempre están conmigo.

Bella se quedó callada. Pensó en cómo cada año, cuando las hojas se ponían amarillas y caían de los árboles, su abuela colocaba flores en su mesa porque a su mamá le gustaban las flores.

—Siempre estaré contigo —susurró Mamá Alma— aun cuando no me puedas ver.

—Pero ¡también quiero escucharte y verte! —dijo Bella.

"When you think of our happy times together, you will smile," said Mamá Alma. "You will feel me near you. Bella, every year, when leaves turn golden and fall from the trees, when clouds nestle between the hills, when evenings become cool and plants prepare for their winter rest, plan a remembering day."

"A remembering day?"

Bella collected flowers and tucked them into her grandmother's braids.

—Cuando pienses en todos los momentos felices que pasamos juntas, vas a sonreír —dijo Mamá Alma—. Me sentirás cerca de ti. Bella, cada año, cuando las hojas se pongan doradas y caigan de los árboles, cuando las nubes se acurruquen entre las colinas, cuando las tardes refresquen y las plantas se preparen para su descanso invernal, organiza un día para recordar.

—¿Un día para recordar?

Bella cortó flores y las metió en las trenzas de su abuela.

"Yes, plan a day when you and our family and friends come together. Some families will decorate a table or build a special place, inside or outside the house. Everyone can remember the people they loved and still love. Some people will tell stories, some will sing and some will pray."

"Will you come for the remembering day and will we see you?" asked Bella. "Please, please, Mamá Alma. We will decorate a table with your weaving and lots of flowers. We can have your favorite foods, and I will sing you a little song."

—Sí, organiza un día cuando tú y nuestra familia y nuestros amigos se reúnan. Algunas familias decorarán una mesa o harán un lugar especial, adentro o afuera de la casa. Todos podrán recordar a las personas que querían y siguen queriendo. Algunas personas contarán historias, otras cantarán y otras rezarán.

—¿Vendrás para el día de los recuerdos? ¿Podremos verte? —preguntó Bella—. Por favor, por favor, Mamá Alma. Decoraremos una mesa y pondremos tu tejido y muchas flores. Pondremos tus comidas favoritas, y yo te cantaré una cancioncita.

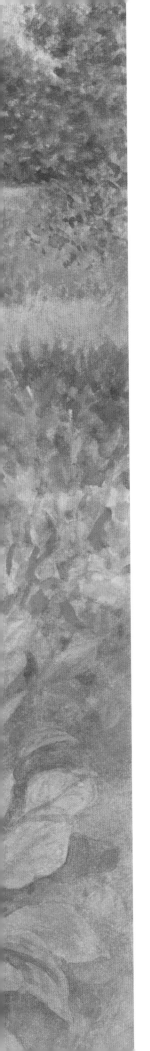

Bella and Mamá Alma collected their vegetables for dinner. They took them to the small thatch shelter where the family cooked.

"Bella, teach others that when we think about the people we love, they are always with us, even though we can't see them. You are a good teacher. Teach people to plan a remembering day. Will you do that year after year?"

Bella y Mamá Alma cosecharon las verduras para la cena. Las llevaron a la pequeña choza de paja donde cocinaba la familia.

—Bella, enséñales a los demás que cuando piensas en la gente que quieres, ellos siempre están con nosotros, aunque no podamos verlos. Eres una buena maestra. Enséñale a la gente a planear un día para recordar. ¿Harás esto cada año?

As the months passed, the leaves turned yellow and began to fall from the trees. Soon the world was golden and leaves whirled in the air, decorating the hills. When evenings became cool, Bella covered Mamá Alma with a soft blanket. Mamá Alma was very weak. She patted Bella's hand.

"I will always be with you, Bella," whispered Mamá Alma.

Conforme pasaron los meses, las hojas se tornaron amarillas y empezaron a caer de los árboles. Pronto el mundo se puso dorado como las hojas que revoloteaban en el viento decorando las colinas. Cuando las tardes refrescaron, Bella cubrió a Mamá Alma con una cobija suave. Mamá Alma estaba muy débil. Le dio palmaditas a la mano de Bella.

—Siempre estaré contigo, Bella —susurró Mamá Alma.

Bella climbed into the hammock she shared with her sister. Bella's mother rocked the hammock where Bella was trying to sleep. Her mother knew that Bella and her sister and brothers were sad.

That night, Bella woke and saw a tiny light dart through their reed door into the night.

Mamá Alma had died.

How Bella missed her. Bella sat on their favorite rock and thought, "I know you are with me, Mamá Alma, I know you are with me."

Bella se acostó en la hamaca que compartía con su hermana. La mamá de Bella meció la hamaca donde Bella intentaba dormir. Su mamá sabía que Bella y sus hermanos estaban tristes.

Esa noche, Bella despertó y vio una pequeña luz que rápidamente escapaba por la puerta de caña hacia la noche.

Mamá Alma había muerto.

Cuánto la extrañaba Bella. Se sentó en su roca favorita y pensó, "Sé que estás conmigo, Mamá Alma. Sé que estás conmigo".

The next year, when the leaves turned gold and the nights became cool, Bella said to her family, "It is time to plan our first remembering day. We can invite everyone in our village to come. Mamá Alma was right. I smile now when I think about our happy times in the garden, and weaving, telling stories and singing together."

Everyone came to help. The night before the special day, as Bella fell asleep, she whispered, "Mamá Alma, I miss looking at your face and hearing your voice and feeling you pat my hands gently, but I know you are with me."

Al año siguiente, cuando las hojas se tornaron doradas y las noches se pusieron frías, Bella le dijo a su familia —Es hora de que organicemos nuestro primer día para recordar. Podemos invitar a toda la gente de nuestra aldea. Mamá Alma tenía razón. Sonrío cuando pienso en los momentos alegres que compartimos en el huerto, tejiendo, contando cuentos y cantando juntas.

Todos vinieron a ayudar. La noche antes del día especial, cuando Bella se estaba quedando dormida, susurró —Mamá Alma, extraño ver tu cara y escuchar tu voz y sentir tus palmaditas en mis manos, pero sé que estás conmigo.

Bella dreamed that she was sprinkling orange petals to make a path so Mamá Alma would come to her favorite rock. Bella saw the table heaped with Mamá Alma's favorite foods—beans, corn tortillas, chile and delicious fruits—papaya and pineapple. Bella and her sister sang, her father played a reed flute, and Bella's brothers tapped on a drum made of a hollow tree trunk.

Bella went to her favorite rock and looked up at the full moon. She looked up at the big tree and there, sitting high on a bough, was Mamá Alma, smiling down at her.

Bella soñó que estaba esparciendo pétalos color naranja para hacer un camino para que Mamá Alma pudiera llegar a su piedra favorita. Bella vio la mesa llena de todas las comidas favoritas de Mamá Alma: frijoles, tortillas de maíz, chile y frutas deliciosas como la papaya y la piña. Bella y su hermana cantaron, su padre tocó la flauta de caña y los hermanos de Bella tocaron un tambor hecho con el tronco de un árbol.

Bella fue a su piedra favorita y miró hacia la luna llena. Miró el árbol grande y allí, sentada en la alta copa, estaba Mamá Alma sonriéndole.

The next morning, Bella and her family and their friends enjoyed their first Remembering Day. Year after year, other families began their Remembering Day tradition too. Every year, Bella helped her family decorate a place to think about their special grandmother. Bella would say, "Mamá Alma is always with us."

A la mañana siguiente, Bella y su familia y sus amigos disfrutaron de su primer Día de los Muertos. Año tras año, otras familias empezaron sus propias tradiciones para el Día de los Muertos. Cada año, Bella ayudaba a su familia a decorar un lugar para pensar en su querida abuela. Bella solía decir, "Mamá Alma siempre está con nosotros".

Author's Note: Celebrating Lives

Many cultures have traditions for honoring their dead. A beautiful tradition, the *Día de los Muertos*, The Day of the Dead, is a time for remembering and honoring loved ones. A blending of indigenous and Catholic elements, this Mexican tradition is often misunderstood.

Since the world is our home, and we are affected by weather and what grows around us, cultures and religions link observances to the seasons. The *Día de los Muertos* occurs on November 2, in the mulling season of autumn.

What becomes popular is often what can be commercialized: skulls and marigolds, ways to lure customers. Actually, "luring" is a deep part of the tradition, since some believe that departed spirits are lured back, often by their favorite foods and objects.

I view this tradition as a celebration of those no longer with us. At schools, libraries, museums and homes, children, families and visitors can create and enjoy displays that include pictures, cherished objects, possibly favorite foods of those being honored. We can also create our own remembering traditions.

In this book, I imagined how this custom of creating a remembering day might have started in the distant past, in a rural village; when indigenous languages, and not Spanish or English, were spoken on this hemisphere; before large cities or churches existed in the Americas. Many families find this tradition a helpful way to annually celebrate the lives of cherished family members and friends and find comfort in remembering them.

Nota de la autora: Celebrando vidas

Muchas culturas tienen celebraciones para recordar a sus seres fallecidos. El Día de los Muertos es una linda tradición mexicana para recordar y honrar a nuestros seres queridos. Es una celebración mexicana que combina elementos indígenas y católicos, y frecuentemente es malentendida.

Como el mundo es nuestro hogar, y nos afecta el clima y lo que crece a nuestro alrededor, las culturas y religiones vinculan sus celebraciones con las estaciones del año. El Día de los Muertos se celebra el 2 de noviembre, durante el otoño, la estación de reflexión.

Lo que es popular a menudo se comercializa como las calaveras y el cempasúchil, que sirven para atraer a los clientes. De hecho, la "atracción" es parte de la tradición, ya que algunos creen que los espíritus de los difuntos son atraídos por sus comidas y objetos favoritos.

Yo entiendo esta tradición como una celebración de los seres que ya no están con nosotros. En las escuelas, las bibliotecas, los museos y las casas, los niños, las familias y los visitantes pueden hacer y disfrutar de exposiciones que incluyen las fotos, los objetos queridos y hasta comidas favoritas de las personas celebradas. También podemos hacer nuestras propias tradiciones para recordar.

En este libro, imaginé cómo habría empezado esta tradición en el pasado lejano, en una aldea donde las lenguas indígenas, ni el español o el inglés, se hablaban en este hemisferio, antes de que existieran las grandes ciudades e iglesias en las Américas. Espero que a las familias les sea útil esta tradición anual de celebrar las vidas de nuestros queridos parientes y amigos, y que encuentren consuelo al recordarlos.

Pat Mora is a literacy advocate and the award-winning writer of over forty books of poetry, nonfiction and children's books. Her works include the poetry collections *Chants, Borders* and *Communion*; the children's books *The Desert Is My Mother / El desierto es mi madre, The Gift of the Poinsettia / El regalo de la flor de nochebuena, Delicious Hullabaloo / Pachanga deliciosa* and the poetry collection for teens, *My Own True Name*. Pat Mora is the founder of the national literacy initiative El día de los niños, El día de los libros/Children's Day, Book Day. The mother of three grown children and a granddaughter with whom she shares bookjoy, Pat Mora is a native of El Paso, Texas, and now lives in Santa Fe, NM. For more information, visit www.patmora.com.

Pat Mora es defensora de la alfabetización y autora premiada de más de cuarenta libros de poesía, de hechos reales e infantiles. Sus poemarios incluyen *Chants, Borders* y *Communion*; los libros infantiles *The Desert Is My Mother / El desierto es mi madre, The Gift of the Poinsettia / El regalo de la flor de nochebuena, Delicious Hullabaloo / Pachanga deliciosa* y el poemario juvenil, *My Own True Name*. Pat Mora es fundadora de la iniciativa nacional para la alfabetización El día de los niños, El día de los libros/Children's Day, Book Day. Tiene tres hijos y una nieta con quienes comparte la alegría en los libros. Pat Mora es originaria de El Paso, Texas, y en la actualidad vive en Santa Fe, NM. Para más información, visita www.patmora.com.

Robert Casilla was born in Jersey City, New Jersey, to parents from Puerto Rico. He received a Bachelor of Fine Arts degree from the School of Visual Arts in New York City. He works from his home studio in New Fairfield, Connecticut, where he lives with his wife and two children. Robert has illustrated many multicultural children's books, such as *First Day in Grapes* (Pura Belpré Honor Award), *The Little Painter of Sabana Grande, Jalapeño Bagels, The Legend of Mexicatl* and *The Lunch Thief*. He has also illustrated a number of biographies, including ones about Dolores Huerta, Martin Luther King, Jr., John F. Kennedy, Eleanor Roosevelt, Rosa Parks, Jackie Robinson, Jesse Owens and Simón Bolívar. For more information, visit www.robertcasilla.com.

Robert Casilla nació en Jersey City, New Jersey, y es hijo de puertorriqueños. Se recibió con un título en arte de la School of Visual Arts en Nueva York. Trabaja en su estudio en New Fairfield, Connecticut, donde vive con su esposa y sus dos hijos. Robert ha ilustrado muchos libros infantiles sobre temas multiculturales, como *First Day in Grapes* (ganador del premio Pura Belpré), *The Little Painter of Sabana Grande, Jalapeño Bagels, The Legend of Mexicatl* y *The Lunch Thief*. También ha ilustrado varias biografías, entre ellas las de Dolores Huerta, Martin Luther King, Jr., John F. Kennedy, Eleanor Roosevelt, Rosa Parks, Jackie Robinson, Jesse Owens y Simón Bolívar. Para más información, visita www.robertcasilla.com.